不二不異

부리부리 不二不異

발행일	2018년 11월 16일		
지은이	김 영 환		
펴낸이	손 형 국		
펴낸곳	(주)북랩		
편집인	선일영		편집 오경진, 권혁신, 최예은, 최승헌, 김경무
디자인	이현수, 김민하, 한수희, 김윤주, 허지혜		제작 박기성, 황동현, 구성우, 정성배
마케팅	김회란, 박진관, 조하라		
출판등록	2004. 12. 1(제2012-000051호)		
주소	서울시 금천구 가산디지털 1로 168, 우림라이온스밸리 B동 B113, 114호		
홈페이지	www.book.co.kr		
전화번호	(02)2026-5777		팩스 (02)2026-5747

ISBN   979-11-6299-417-7 03810 (종이책)   979-11-6299-418-4 05810 (전자책)

이 도서의 국립중앙도서관 출판예정도서목록(CIP)은 서지정보유통지원시스템 홈페이지(http://seoji.nl.go.
kr)와 국가자료공동목록시스템(http://www.nl.go.kr/kolisnet)에서 이용하실 수 있습니다.
(CIP제어번호: CIP2018036276)

(주)북랩 성공출판의 파트너

북랩 홈페이지와 패밀리 사이트에서 다양한 출판 솔루션을 만나 보세요!

홈페이지 book.co.kr   •   **블로그** blog.naver.com/essaybook   •   **원고모집** book@book.co.kr

부리 부리

不二不異

○ 김영환 시집

사람과 자연은 둘이 아니고 서로 다르지 않음을
노래한 김영환 변리사의 네 번째 시집

북랩 book Lab

그림을 그려 봅니다.

늘상 마주하는 무심한 일상과
철철이 넘치도록 몰아 주는 세상 풍경을 그립니다.
물안개처럼 일어나는 속내도 담아 봅니다.

검정 테두리 네모 액자 안에 그립니다.
붓도, 물감도, 팔레트도 없이 그립니다.
침 문혀 첫 월급 세던 두툼한 엄지로
화판을 꾹꾹 눌러댑니다.
시도 때도 없이 그립니다.
대개 비좁은 출근길 위에서 골몰합니다.

세상 입성 풍경화랑, 오도 가도 못 하는 정물화랑,

돌아가신 선친 초상화랑, 대한늬우스 속 풍속화,

그리고 숱한 덧칠로 볼썽사나워진 추상화가 섞여 있기도 합니다.

보잘것없는 글·그림 전시회 방문에 진심으로 감사드립니다.
올려놓은 작품은 눈금 금으로 모두 팔렸습니다.

고객님
감사합니다.

수리산 태울봉 아래
이십층 허공 속에서

서문

목차

제1부 / **사람과 맞닿다**(人間 不二不異)

제2부 / 자연과 맞닿다(自然 不二不異)

제3부 / **감성과 맞닿다**(感性 不二不異)

제4부 / **삶과 맞닿다**(人生 不二不異)

제1부

사람과 맞닿다

(人間 不二不異)

기제사(忌祭祀)

즉시 개통된대요

어디서도 어디라도 통화된다네요

위쪽 세상엔 더 나은 폰 있지 않나요

전화나 문자, 아님 톡이라도 주세요

낼모레가 세상 버리셨던 날이네요

올해엔, 해마다 개근하는

기름 찝찔하고 희멀건한 거 말구

정작 자시고 싶은 걸 올리려고요

아부지 세상 버리실 적 나이를

지나다 보니 입맛도 변합디다

요즘 뭐가 당기시던가요

다 내려 보시고 계셨잖아요

내일이 삼팔 장날이지요

가지 수만 많으면 뭐한데요

참!

밥솥에 쪄낸 밥풀 묻은

물컹한 가지를 잘 자셨었죠

여즉 좋아하시나요

연락 주세요

손

이쪽저쪽 오른손 왼손
이편저편 친손 외손

고달프긴
왼손보다 오른손이

친하기론
친손보다 외손이

공사다망

올봄 상아탑을 밀려난
딸 아이가 두 곳의 공사
입사 시험을 치렀다

다음 수업의 강의동으로
옮겨가듯 거개의 수험생들이
다음 고사장에 헤쳐 모여
하루 두 탕을 치렀다 하네

공사다망이라 했던가
공사만 고집하다
다 망하는 건 아닌지
아닐 게야
아자

어머니, 여기예요

상 치우고 새 판 펴서
둘러앉은 자정 무렵
이리저리 구글 로드맵을
돌려가며 골목 고샅을 샅샅이
더듬어 한참을 뵈 드렸다
귀한 사진을 담아 왔구나
여기가 맞구나
다섯 남매 한 이불 덮어
키우시던 옛집 골목을
기억해 내시고야 만다
저녁상 물린 포만에 겨운
하루의 건널목엔 경적이 울리고
기차 밤통이 지나고 천둥이 쳤다
빙 둘러 모아 넣은 이불 밑 발들의
도발이 시발이 되어 방안은

난장판을 치르고서야 잠들었다
부스럭 잠 깨 숨죽이고
말똥말똥하던 밤도 있었다
두 냥반 생명 탄생의 다큐를
몸소 공연하시기도 했었다

어머니
그때 그곳이
바로 여기예요

조물(造物)

가까이서
볼수록

이리도
제각각일까

자갈돌이란
사람이란

어린이날

"어린이 두 명이요."

버스를 오르며
변성기 직전의 맑고 고운
피아노 건반을 두드린다

활자에 갇혀 지내던
'어린이'를 제 입김으로
살려내는구나

친구랑
두 명이라

고운 그 마음도
오래도록 간직하렴

방 선생님~
비좁은 출근길에
소리죽여 불러 봅니다

한가위

저 밴댕이 소갈딱지
진즉 알았더라면 언감생심
두 번 다시 치다 보도 못했을 끼다

부리부리
不二不異

사돈 넘말 고마해라
배느빡 시커먼 껌 매이로
고래적 야그 아구 얼얼하게
씹어대쌌는 니를 진작 퉤 카고
내뱉었어야 했구먼

수십 년간 간간이
노래방 십팔번 뽑아내듯
투닥거리는 지겨웠던 레퍼토리

오랜만에 엿들으니
반갑고 고맙다

미리 뉴스

석삼년 간 감감했던 곡성에
곡성 아닌 환호성이 터졌답니다.

구급차에 실려 광주리 배를 안고
광주광역시 병원에 입원한
안골 미얀마댁이
구릿빛 감도는 건장한
사내아이를 순산했답니다.

병원에서 함께 애를 태우던
곡성 군수는 흥분을 감추지 못한 채
이는 군의 쾌거이자 낯선 경사라며
군 조례 일억 원의 출산장려금에
오천만 원의 특별 축하금을 보태
모자의 읍내 카퍼레이드 때

전달하겠다고 합니다.

부리부리
不二不異

이상,
광주 알라산부인과에서
나독신 기자였습니다.

도장과 화장

　요약한 도장 공정은

　피착면의 불순물을 닦아 내는 전처리 단계,
　도료층과의 원만한 결합을 위한 프라이머층 도
포 단계,
　안료가 섞인 도료로 하도, 중도 및 상도층을 칠
하는 단계 및
　유브이(UV) 보호층 형성 단계

　로 이루어진다.

　조카 혼사 날
　조바심 속에 곁눈질한
　화장 공사도 매한가지

　어둠이 내리면
　무너져 내릴

당선사례

시민 여러분
성원에 감사드립니다

수고 많았습니다
지가요

동문 합동산행

한 해 한 번
이파리 청춘의 유월 주말
반도의 반쯤 녘 명산을 찾아
발카닥 뒤집어 놓는다

갱상도 사내들의
야외 교정

낼 모래 씽가폴 담판도
그 담 날 뭔 지방선거도
첩첩한 산중에선 잠시 무상관이요
개정 국립공원 관리법도 모를 일이라오
구천동 계곡물은
굽이치며 깊어지고

다투어 부딪는 잔소리에

세상 잔소리 저 산을 넘네

부리부리
不二不異

월드투어

친구가 전화를 했다

:지금 뭐하니?
여행 중이야

:어제 그런 말 없었잖아
그랬었지

:언제 돌아올 건데?
기약은 못 해
편도 여행이라서….

:그럼 누구랑?
너도 같이 가고 있잖아

공모자들

얇은 시집 한 권
양복저고리 주머니에
여유 공차로 쏘옥 들어가네

시인과 출판사 그 위에
재단사가 회합을
가졌었나 보구려

일백 편 내외가 되겠소
한 뼘 키에 네 치 폭
얇은 표지로 하겠소
알겠소

길 위의
포켓 몽(夢)이요

부리부리
不二不異

핸드 펀(fun)이라오

여러분

고맙소이다

아버지

까스명수도 활명수도
멀기만 한 산중 윗마을

덜 붉은 송아지랑
풀밭을 폴싹거리던
딸애가 배를 움켜쥐고
눈망울만 한 물을 듣는다

어매가 무릎 위에 뉘고
손바닥 맷돌을 돌리는 새에
무심한 아비는 소 꼴 뒤적여
쓰디쓴 쑥물을 내려 들인다

밤을 건너는 요령 소리 따라
소 속 것 위아래로 흐르고
딸 속 것 아래로 내린다

연착륙

초막골 암자에 다녀오신
할머니는 낼 아침에
손녀딸 견습 중인
읍내 미장원에 가신다며
물걸레로 하얀 고무신 코
세워 놓고 자는 잠에 돌아가셨다

백년손님

우리 며느리 촬영해 가라
안 이쁘냐?

종주름골 가득한 입술과
폐허의 돌 성곽으로 지켜내어
홀로이 정정한 붉은 혀는
보드랍고 촉촉하여라

눈 어둡고 귀 잡순
산골 꼬부랑 할매가
때맞춰 간만에 들른
며느리 치사를 한다

재경 동문회

고등어는
고등학교 동기 맛이다

물빛
진하게 배이도록
떼 지어 몰려다녔지

물, 뭍에서
떼이고 떼여
이곳, 노량진에 엁혔구나
넷이서 맞댄 등 푸른 스크럼

이젠
더 이상은
갈릴 수 없다고

모녀 삼대

허연 할머니는
구구칠동 우리 동에 사시고
딸은 길 건너 1004동에 산다

천사동 딸의 딸은
버스정류소 앞에서
바톤인 양 건네진다

오늘 아침
눈바람 맵고
밟혀 미끄런 길 위로
꽁꽁 장막친 아가 수레
밀어붙이는 할머니 눈길이
눈길 위서 눈물겹다

부리부리
不二不異

시인의 죽음

앞다투어
호들갑이다

칠십 문턱 넘으려다
헛디뎌 샛길로 드신
시인의 행적 추적으로

부음 기사 댓글 하나

"죽어도 아니 죽은겨."

그렇구먼,
그 냥반은 검지 끝만으로도
글줄을 쉬이 불러올 수 있는
'유명 작가'이지

유명을 달리한 건

아닐 수도

부리부리
不二不異

고소한 사랑방

일루 와서
이 소리 좀 들어 보소
이게 깨 볶는 소리라요

냄새 중에는
참기름 냄새가 최고지요
다른 거는 머리가 아파

참하고 귀여운 참깨
더는 참기 어려웠는지
고소한 비명을 지르며
공중으로 솟구치는
장날 읍내 제유소

이렇게 많은 거
어떻게 해

아들 주고
딸 주고
내 주고 싶은 사람 주고
내도 먹고

제2부

자연과 맞닿다

(自然 不二不異)

따라쟁이

닿을 곳을 가리지 않는
햇살과 같이
가려진 햇살 원망하지 않는
이끼와 같이
길막이 잎가지 마다하지 않는
바람과 같이
찬찬히 차올라 넘쳐흐르는
물과 같이
언 땅 녹여 뚫고 나서는
봄나물 같이
봄이면 초록 옷 갈아입는
뚝방과 같이
버텨서 한 치 오차 없는
나무와 같이

주기율표

동방의 선현들께서
일찍이 중용의 도를
일러 주셨건만

그저 왈왈댈 뿐
돌에도 중용의 도가
박혀 있었음은 몰랐었네

훗날 양이들이
그 깊은 뜻을 새겨
한 문명 크게 챙겼구려

작금에
앉아서 천 리를 듣고
이웃의 애정사를 엿봄은
어중간한 돌멩이 덕이리라

편도(片道)

불볕으로 달궈댈 땐
시큰둥 무덤덤하더니
뒤늦게 벌겋게 달아오르네

염천 땡볕 아래
겹으로 껴입고 있더니
찬 바람결에 죄다 벗어 던지네

그럴 줄 알았구먼
오도카니 떨고 있구나
이잉이잉 울고 있구나

어라!

빙글빙글 순환 열차를
타고 있었구려

마른 가지 가지가지
해사한 웃음꽃들
비웃듯 벙긋벙긋

갑오징어

중세기사 방패인 듯,
아님 수중 폭탄인가
무절 흰등뼈 박힌 육갑에
넘사스레 짧은 스크루 다리며
쌍 촉수는 내민 두꺼비 혀 형일세
헌데,
글 깨나 읽었는 갑소
대글빡에 먹물이 한가득이네
분위기 따라 색깔 옷 갈아입는
요사도 부릴 줄 아는구면
벗은 속살은 제대로 하얗네
미끈덩 매끄럽기도 하지
촉감도 그만일세
오물오물

오징어

갑

또르륵

똑똑

아침 바다

외눈박이
밤눈 눈 붙이고
낮눈 아직 감겨 있는
검은빛 바다 위를
거친 맥박으로 가른다

건너 뭍 꼬리
제부도 머리맡이 붉더니
눈썹 구름 아래 부릅뜬
낮눈이 세상을 향해 일갈한다

가벼운 것이 높고
높은 것이 넓게 자리한
만물의 막바지, 바다

그 수면 위에서 일출이 일렁인다

종착이 안식은 아니어라
밤마다 성형으로 다가서는
밤눈이 조석으로 해코지하네

동행 1

물가에 앉아
물끄러미 물소리를 보다가
눈 맞추어 징검돌이 되고자 했다

아슬하니 잠겨 버티기가
버거운 물 안 돌의 물가
곁눈질이 늘어만 갔다

종일 마른 땡볕에 달궈진
물가 돌의 당장 소망은
입수 절명이다

무골 무심한 물살은
부지런하기도 하지

모래도 바윗돌이었듯

수평의 징검돌들 어느새

수직의 디딤돌과 낙석으로

풍화되었어라

부리부리
不二不異

쭈꾸미 낚시

어둠을 비집고 도착한
안면도 영목항 선착장엔
가을 쭈꾸미 낚싯배들이
어깨싸움으로 삐걱대고 있다

어렵사리 이물로 디뎌 들어
조바심으로 탐색한 포인트에
황급히 대를 꽂는다

선실 지난 고물 한 켠엔
쭈꾸미 머리랑 유감한
노인네 자리하고 있다

쳐들어가 버럭 소리쳐

웅크린 잠꾸러기 깨우듯,
힘 넘친 발동선 새벽을 깨우고
잔잔한 수면에 대(大)자로 브이(V)자를 그린다

멈춰 선 포인트 바닥에
고추장 애기를 내리곤
오감을 한곳에 모은다

낚싯대에 투명한 가닥이
하늘로 곧장 이어져 있다

하늘나라에서
지상의 바닥으로 내린
낚싯줄이 햇살만큼이나 촘촘하다

맥흉(麥凶)

겨울에 눈 적으면
보리가 흉년이랬지

보리 흉년에 뒷산은
고봉밥 풍년이었다고
외손주 손에 찐 감자
쥐여 주며 말씀하셨지

여름에 비가 적으니
근린 수목이 절단이구나

올여름
가뭄 염천(炎天)에
드문드문 타죽었구나

먼 산

빼곡한 나무

여전하니 푸르건만

만만하다

뚝방엔 새순이 일순 지천이고
발아래 강물은 여념이 없다
사방 들판은 일색 초록이고
하늘땅 사이, 허공이 가득하다
드높은 하늘 아래엔 뒤끝 없는
아쉬움이 하늘거리는 가을이다
지고 내린 자리, 뒤덮인 은백이다
어느 한 때일랑 천지는
빈틈없는 지천이구나
한 점 여백이 없구나

수명

아내가 주문한
페트병 팩 물을 들였다

부리부리
不二不異

식탁 아래로 재여 놓다가
투명 물병 벼랑에 어슴푸레
새겨진 호적 사항을 들여다본다

국망봉 산자락에서 흘러왔구나
운동장에서 반별 학년별로 줄 서서
떼로 부르던 교가 속의 국망봉

국망봉 주름진 치마 속
도마치 계곡 소풍 때엔
빈 물통을 각개 매었다

깔깔대며 돌 미끄럼을 타고
내리던 에이치(H)와 투오(2O)는
물통에 사로잡혀 구곡간장(九曲肝腸)의
어두운 형장 속으로 사라졌다

늬들은 미끄럼 놀이는커녕
제왕절개로 나서 바로 왔구나

새

발등 없는 세 갈래 발
한데 모인 자리서
버겁게 버텨 선
가는 두 다리만으로

꼿꼿하게 서고
뒷짐 진 여유로 걷고
사뿐 총총 뛰기까지도

뜬구름 과녁 삼아
쏜살처럼 솟구쳐 올라
먼 하늘에 박히기도

부리부리
不二不異

언제 한번
날아본 적 있더냐

이제 그만
가벼이 여겨라

곤궁하고 궁핍할 때
새 되었다고 말하지
말란 말이다

동무

애기 버들치 한 마리
거푸 물 밖을 뛰어오른다
땡그란 두 눈 치켜뜨고
입술 뾰족하니 내밀고선
떼 지어 헤엄치는
버들잎을 향해서

부리부리
不二不異

해탈

나무 관세음

숲속
빼곡한 나무들 사이
베어 채곡히 재인 나무

어!
나무는 죽어도
나무라 불리네
사람 죽어 사람 아닌 시체나 시신 되어
곧 썩어 오감이 혐오감으로 될 터인데

나무는 죽어도 나무인 걸
반질반질한 나무 의자에 앉아
생각해 본다

나무는 베어진 돌이다

나무 관세음

수리산 약수터

한결같은
거북이 토사물인데

달달한 식혜이고
걸쭉한 막걸리 한 말이요
땀에 젖은 이온 음료 한 병이네

논두렁에 퍼질러 앉은 댓병 소주요
녹은 눈 스민 대관령 샘물이고
설악산 생수고 백두산 산수라네

팔백십팔동 과천댁 할머니
비탈진 바구니 수레엔
리필한 초정리 탄산수가
한가득이네

아카시아

부리부리
不二不異

햇살 따순 아침의 오월
애덜 날 덕에 어무이 뵈러
길을 나섭니다

비탈 산허리 길가
아카시아 가지 가지엔
눈 녹여 봄을 키워낸 쑥이
뽀얀 멥쌀가루 뒤집어쓰고 올랐습니다

한소끔의 햇살로
쑥향 쫄깃하게 머금은
봄 케이크로 부풀어 오를 테지

한참을 달려
다다른 방 안엔

구석으로 밀쳐진 접시 위에서
꼬질꼬질한 쑥버무리 투덜대고 있다

담쟁이

길가 여학교
담벼락에 올라붙어
너나없이
손을 흔드네

초록은 동색이라
노선버스 지날 땐
더욱 반가워

시루 속
노란 콩 대가리마냥
퍼런 손바닥들
한가득이네

초미니 든다
담장 안으로

벚꽃 천지

말간 하늘
뭉게구름 내려
벚 가지에 걸렸나

튀겨 팅겨 나와
벚 가지에 올라붙었나

지난겨울 소복소복
나려 스몄다 나온
눈꽃인가

하얗게 하얗게 새하얗게
둥실 둥실 두둥실
너와 함께

발아래 하늘길

죄다 덮어 버렸구먼
지네들이야
지나는 발아래지만
우리네 땅 것들에겐
향하늘 초행길인데

멈출 수야 없지
혹시 모를 맨땅을 찾아
짱배기 헤지도록 들받아 보자구

야무지게 무너져 내린
하늘
그 아래
솟아날 틈새가 있으려나

무한 반복의 보도블록

실낱 틈새를 비집고 솟은

연록의 몇 쪽 떡잎

발아래서 우렁우렁

봄을 호령하고 계신다

봄비

비가 오네

길가 둔덕엔 벌써
날 뜯어 잡서 하듯
쑥이 하늘 향하여
비받이 하고 있네

잠깐 우산을 젖히곤
비를 맞는다네
마침 세탁소 비닐 커버 걷어 낸
새 양복 차림으로

이 봄비 맞으면
쑥처럼, 벗나무처럼

쑥쑥 자라 며칠 새
꽃이라도 피우려나

걱정 하나

기껏 새 옷 입혀 내쳤더니
하고 댕기는 꼬락서니 하고는
이라며 구사리나 맞지 않으려나

도단 지붕 내리치던
빗방울 실로폰
♪♪♬

폭음

뱃속이 시끄럽다

귀 기울이니,
간밤 세상의 세 안주인들
뒤엉켜 드잡이로 악다구니다

한겨울 구룡포 세찬
바닷바람이 가당찮다는
비건비생(非乾非生) 과메기 구신 말끝에

설악 용대리 칼바람 눈바람
매타작을 상상컸냐며
건건작파(乾乾斫破) 먹태 귀신이
마른 목청을 높인다

제2부 / 자연과 맞닿다(自然 不二不異)

뭍에 오른 물엣 것들 비켜선
비생비사(非生非死) 산중 상주 곶감
혼잣말은 들릴 듯 말 듯

흠칫,
바깥 한 소리

생사람이
죽을 사람을 잡는다

살아 산에

난 삼월 초나흗날
산에 가련다. 문수산엘

올겨울은
별스레 추웠기에
요 며칠 먼 곁불이 반갑네

질척해진 산길
꿍꿍이 숨긴 대지
차박차박 걸어 올라
다다른 문수산성 꼭대기서

건너 강화섬 멀리 보곤
내려 산신께 꾸벅 절하고

부리부리
不二不異

꺼억꺼억 들숨에 들이켜야지

옛 어른들은
죽어 청산에 묻혔지

난 자신 없네

좌청룡 우백호 끼고
푸른 소나무 둘러친
잔디 덮고 호사 누릴

난 목도했었네

두어 달 전
맵추울 때
동무 간직된 곳에서

한약방 약장 같고
도서실 목록함 같고

사우나 신발장 같은
산골 성당 지하 일 층

빙 돌아 다다른 구석진 곳에
마저 못 탄 뼛가루 한 줌으로
들앉자 있더라

반갑단
말 한마디 없이

이거이 내가
살아생전에 짬짬이
산엘 가는 이유라네

새해엔

새해엔
꿈쩍도
않을 테다.

꿈쩍하는
새에
삼십 년이 달아났다.

하늘엔
층층 바람이
구름 몰이 경주 중이네.

돌담 허물기

막돼먹은 생김새와
분별없는 덩치들로
채곡하니 쌓아 내외 짓던
외딴집 돌담을 허물었다

수북하게 내려진 돌들을
떠나 온 자리로 되돌리려
원적지 조회를 한다

모서리 앙칼진 요놈은
비탈 산밭에서 왔겠구나

뭉뚝하니 점잖은 호박돌은
요 앞 물길 바닥에서 왔겠네

틈새서 바람 잡던 조막돌들은
마당에서 놀다가 붙들려 왔을 테지

여즉
반 넘어 남아 있다
재작년에 허물었는데

제3부

감성과 맞닿다

(感性 不二不異)

고물상은 없다

아니, 있다
시절 따라 개명을 했다

도시는 자원개발의 진앙이다
개발시대의 역군들이 재활용되어
먹먹한 거리를 누비고 있다

새벽 별 스러지고
바랜 달빛 비칠 때까지
비탈진 골목과 고샅을 지나
동네 개들의 습한 흔적을 훑는다

골주름 가득한 골판지

찬서리로 지새운 새벽에

무푸렘 바닥 수레에 얹혀

지렁이 배밀이로 큰길가

'관악자원'으로 든다

부리부리
不二不異

행복한 한 때

아픈 데 없고

거푸 하품이 나고

전화벨 소리 반갑고

뒤쪽에 무관심하고

천둥 소란에 무덤덤하고

눈을 감아도 떠오르는 건 없고

나서니 맑고 선선하고

지나치는 이 인상이 좋고

업힌 아가가 날 보고 웃고

배고프지 않고

외롭지 않고

빛과 어둠

소반만 한 형광등 아래
낱낱이 말갛게 드러난 안방,
침대에 걸터앉아
무심결에
손톱을 바짝 깎았다

덕택으로
시간을 거슬러
아득한 여행길에 오른다

삼십 촉 백열등은
아쉬운 밝기와 온기를
함께 드리웠다

不二不異

제3부 / 감성과 맞닿다(感性 不二不異)

한 조명 아래 모여 앉아
잠들기까지 데면데면 일상이
천정 어둔 구석 거미줄에
채곡채곡 매달렸다

어머니는 백열등 아래서
산자락 위아래 논둑 베듯
검정 가위로 오 남매
손톱을 베어 나갔다

잘려나간 손톱 아래서
선홍빛 실지렁이들이
기어 나왔다

반딧불이 흉내 낸
형광등은 차가웁게
밝기만 하다

꺼꾸리

부리부리
不二不異

휘트니스 꺼꾸리에 매달려
유리문을 나선다

까만 바닥 무선 열차길을 지나
논과 밭 사이 틈새길을 거쳐
삼백 고지 야트막한 수리산
환상 둘레길에 접어든다

개미랑 풀뿌리랑
포롱포롱 먼지랑 함께한
서너 시간이 지났으려나

흙손으로
나섰던 문을 기어들었다

탕 안에 들자,

피멍 가득한 손바닥이

저만치 아랫녘 발을

일착으로

씻고 닦아 준다

소중한 건

질긴 껍질 안
뽀얀 과육 한 아름
그 속에 두엇의 까만 씨

각진 종이 케이스 뜯어
비닐봉지 귀를 자르면
드러나는 말괄량이 삐삐
갈래머리 풀어
한 알

가슴 속
깊은 곳에
한 마음 있네
그대를 그리워하는

다시 찾은 바다

물과 물의 가장자리
기장과 일광 사이 바닷가
엿 목판 흰엿 툭툭 잘려나가듯
직장과 집으로부터 떠밀려
털고 내려와 자리한 '해후터'

올 첫 손님은
새내기 여대생 셋
그중 한 애기가 놀라게 한다

달려가 끌어안을 뻔했다
삼십 수년 전 이 바닷가에서
나중 언젠가
그 언젠가 만나자며

떠난 그녀인 줄 알았다

슬쩍 다가가

그녀의

성씨를 물어봤다

수행

눈을 뜨면
백일점구 메가헤르츠
아침 예불을 시작으로
탐욕을 거둬 내고
먼지를 털어 냈다
그러려 했다
했으리라

안에 부처가 있다기에
그 부처를 드러내 보려
견성성불의 불가사의를
향해 정좌하고 눈을 감았다

일순
목 고개가 떨어지고
몸뚱이가 모로 쓰러졌다

수행 기도처 맞은편
욕실에서 터져 나오는
욕설 속 앙칼진 한마디

육시럴!
걸레가 행주 된다냐!
옜소. 이 걸레로
방바닥이나 깨끗하니 닦으슈.

부리부리
不二不異

사유

깜빡일랑 몰라

차선 변경하는 거야

신호등은 한 색이야

내키는 대로 꺾어 돌지

인도를 가로질러

빌딩을 뚫기도 하지

악셀을 악다구니로 밟아

하늘을 날아오른다네

시동을 콱 꺼버리지

다 맘대로야

ㅋㅋ

진달래 연정

진다는 말도 없이
진달래는
지고 말았네

진 자리 달래려
다가온 더 붉은
철쭉이 화사하다

달랜 적도
준 적도 없이
스친 눈길뿐이건만
철쭉을 밉상으로 밀어
내는구려

봄밤 길

수리산 아래
하루의 마감을 재촉하는
열 시 반 지난
단지 바깥 길

드문한 등 아래엔
뒤따른 숱한 잎새에 밀려
산산이 부서져 내린 꽃잎들

이 길은
눈보라 속 칼바람 길
달궈진 열기를 토하던 길

살갗의 경계가 없는

이 밤

그림자만이 걷고 있다

집게

집게는
제집이 있다

근데
외롭다

깨 달음질

부리부리
不二不異

침침해지니
경계가 비치네요

어두워지니
대 숨소리 들리네요

삭아 내리니
분별이 찾아드네요

속 골 비어가니 맘과
몸이 개갑아지네요

나섰던 곳
개작아지는 갑네요

첫사랑

난
지금
집 가는
마을버스 안이란다

얼큰하게 오른
흰 눈 드문 한
열한 시 반

문득

첨 잡았던
네
다섯 손가락

잘 있니?

제4부

삶과 맞닿다

(人生 不二不異)

새벽의 질주

어둠의 자궁이
이슬 양수로 말갛게 씻긴
하루살이 세상을 낳는다
저물녘이면 수정란이 되어
자궁 속으로 잉태된다

선머슴 옥수수가
짙어진 나락이
벚나무 숲길 아치가
초막골 공원 텐트촌이
아직은 잠결이다

노인들 들어설 약수터도
앞선 이 없는 일등이다

바르셀로나의 황영조
보스턴의 이봉주가
이 기분이었을까

저수지 건너 개들의
환호성을 뒤로하고
시간 반의 산들길을 돌아
욕실로 숨어든다

절인 배추 겉껍 벗겨
비눗물 주물럭으로 넣고
알백이 속살은 찬물로 헹궈
침대 위에 몰래 뉘운다

앙금

공중 한량 미세먼지
베란다 창틀에 숨어들고

분탕질로 휩쓸고선
흙탕으로 지나던 늬들은
여기 하구언에 엎드려 있구나

질긴 껍질로 버텨낸
허공의 여름 한 철이
착한 앙금으로 내려
찰진 탄력으로 엉켰다

건강검진 결과가 나왔다

잔류앙금 수치: 높음

락앤락

개갑아진 육신
불긋게 치장하고
바람 없는 새벽을 택해
자유의지 낙하를 한다

찰랑찰랑 춤사위
허공 수제비를 뜬다

그래
이 기분이야

부대끼던 바람이며
아찔한 고소 공포증이며
한결같이 무심했던 기둥서방이여

이젠
모두 안녕

부리부리
不二不異

휴일 아침

실눈으로 시계를 더듬는다
태중 자세로 외면한다
베드 단층 속 화석이 되리라

생체 알람에 다시 깬다
어디 어둔 구석이란 없다
햇살은 마른 샤워를 하고
바람은 베란다 창을 넘는다

복수하듯,
다시 눈을 감는다
오늘이 월요일이었으면….

중력

발 붙이고
살게 해 주시고

주제넘게
튀어 오르려는
성급함을 잡아 주시고

물이 아래로
흐르게 해 주시고

고공의 공포를
일깨워 주심에

중심을 낮추고
두 눈꺼풀 한데 모아
감사기도를 드립니다

몽돌

맞바람이 몰아친다
이젠 맞서지 않는다
잠시 나뭇등걸 뒤로
몸을 낮춘다

아내의 속이 뒤틀렸나보다
오래전 씹어 삼켰던 면도날을
방 안 가득 토해내고 있다
슬며시 현관 손잡이와
돌림 악수를 한다

조 대리의 자리가 비어 있다
화장실 창에서 내다뵈는
건너편 커피점 창탁에

녀석이 눈에 들어온다
시각 인지를 딜리트 한다

홀로 나선 남녘 바닷가
둥글동글한 몽돌 하나를
허리 접어 집어 든다
꽤나 묵직하다

길을 지나며

일 번가 중앙시장 지나
한 블록 떨어진 큰길에
매일 지나치는 오래된
결혼식장 '왕궁웨딩'

그 건물 허리를 두른
플래카드 힘없이 펄럭이네

"왕궁웨딩,
요양병원으로 개원합니다"

이승의 신혼 길이
저승길 대합실로
다시 들르라 하네

조물주의 예지력

역시! 하며
이번 여름 또 한 번
탄복한다

먼 훗날의 기상조화와
그 산물의 등장을 예견하사
두 손을 들려주셨으니

비좁은 복중 전철 안
한 손에는 핸드폰
다른 손엔 핸드팬

감사드립니다

뜻밖에 허가

시간여의 새벽 산길 달리기 끝에
다다른 단지 앞 약수터에서
낯익은 음성 그러나
낯선 말귀의 혼잣말이 들린다

"수고했다."

큼직 두툼한 붉은 방벽과
촘촘하게 둘러친 돌 성곽의
이중 방호막으로 둘러싸여
뜨끈한 점액질로 온몸을 마사지하며
갖은 독설을 일삼고
진미를 탐해 왔던
허가

매운 시집살이에
시어른들 병수발로
자매인 양 같이 늙어간
어무이에게
할머니 가실 적 한마디,

"욕봤다."

더불어 사는 세상

한동안 비어 있던 칼국숫집이
인테리어로 부산하다. 커피점이다.
외지인 드문 이곳 일층 상가에만 도합 여섯의 커피점이
부동산 셋과 편의점 둘을 휘하에 거느리게 되었다.

요일별로 들러야 하나?
층별로 담당점을 정해야 하나?
더불어 잘 버텨야 할 테니.

꼬들꼬들한 라면 맛을
안 건 교복을 입고 나서였다.

어머니는 연탄을 질식시킬 정도의
방뎅이 큼직한 냄비에 두 바가지의 물을 붓고
두 봉지의 라면을 뜯어 한참 동안을 끓였다.
불어서 풀리고 더불어 넘칠 지경이면
그때서야 방안으로 들였다.

손바닥에 뻗어난 가지 같은
우리 오 남매는 옆 스뎅을 힐끔거리며
장마철 물마당 속 지렁이 면발을 걸어 올렸다.
바닥이 늦게 드러나길….

동생을 업고 교실 문을 빼꼼히 열던 계집애가 되어
숙취를 머리에 이고 뒤늦게 출근한 로비 바닥엔

커피인지 코피인지가 홍건하다.

공사판

추락하는 순간
모든 것을 잃습니다

무엇이 모두였던 그였을까
모든 것을 잃는 순간
추락합니다

껍데기는 가라

일요일이면
주차 마당 한 켠에서

유리 폴리 병 등속
뱃가죽 등에 붙인 쌀 푸대
양쪽 겨드랑이 거뭇한 형광등
속없이 반듯한 택배 박스들이
다음 생 혹은 입멸(入滅)을 기다린다

해갈(解渴)의 목 넘김으로
삼시 삼때 주인장으로
둘러앉은 저녁상 밝은 얼굴로
고생 고삼 수능교재 배달꾼으로

제 속 말갛게 비워 내고
가장의, 야자 딸아이의
늦은 귀가를 함께 기다리다
이젠,
한데 바닥에 내몰린
한 때의 안엣 것들이여

먼저들 잘 가시게
껍데기들이여

~

만파 속 일파

한 자락 실바람

생겨나 진멸하기까지

한 생애

~

산들머리 도서관

수리산 들머리엔
약수터와 도서관이
길 건너 이웃하고 있다네

산 오르는 이
빈 수통 채워 산을 오르고

하산한 전 전무는 갈래길
꺾어 들어 유리 벽 구내식당
자폭 긴 창탁에 흰 접시상 내려
먼 시선으로 혼밥 한 술 떠 넣네

통통 촘촘한 약수터엔
비알 단지 물 마른 이들
물 단지 채워 수레를 내리고

도서관 열람실 잇몸엔

칼 맞을 이, 칼 맞은 이,

하얀 딸, 아들 사이에서

충치로 박혀 앓고 있구나

단단한 껍질

실은
구두보다
발이 길들여진다

검정 교복 내던지고
여즉 갈아 신었던
구두를 헤아려 본다

때마다
가뜩이나 힘겨운 발은
새 구두에게 맞추느라
옥죄는 뻣뻣한 가죽 속에서
살과 뼈마디가 고난의 행군이었으리

말랑한 반죽이,

쏟아부은 콩이,

제 몸 아래로 뉘어

양푼 안을 고르게 채우듯

발 역시 신에 맞춰 힘겹게

접고 오므리고 밀어 넣었으리라

익숙한 건물 앞

갑자기 발이 걸음을 재촉한다

동행 2

칠월 주말의 아침
버거운 햇살 뒤로하고
잎새 겹으로 두른 숲에 든다

맨 목 마당 강아지마냥
앞뒤를 오가며 따라붙는다
인적 없는 긴 장마 끝에
몹시도 반가운가 보네

비문중에 더해진 망막 밖 비문
이명에 가세한 고막 밖 이명
뺨을 스치며 돋구는 소름

날랜 스포츠 타올
한끝을 거머쥐고

휘이휘이 허공을 휘두르며
간간이 땀 밴 뺨을 훔치며
노천 습식사우나 속을 헤쳐 간다

허리 아랜 없다
휘두르는 두 팔과
소란의 두 귀가 있고
혼란의 두 눈알과
경계의 제정신이 있을 뿐이다

선뜻,
선돌 하나 길을 막고
눈앞이 환해진다

부리부리
不二不異

꽃잎이 날리네

떼 낸 자국 없는 머리맡 벽
휑한 방 안,
덩그러니 자리한
자리에서 눈을 뜬다

한데 나갈 거 없이
온몸으로 거품 물 게워 내고
새빠른 아침 시간에 뒤질세라
재빨리 조반을 해치운다

채곡한 속옷과
새 양말을 꺼내고
날 선 겉껍질들을 내려
출정의 군장을 마무리한다

지나는 원근

군데군데 불긋한

사월의 주말 지난 출근길

또 얼마나 지나야

오늘이

침출수로 흘러나오려나

동행 3

나도야 간다
화창한 출근길이다

간밤 비바람이 꾸며 놓은
꽃마차가 갓 피어오른
햇살 속을 뚫고 지난다

요 며칠 내려다본
고난한 세상살이
따라가 본다

따라가 또다시
미소 짓게 할 테다

난장

시장 골목
검정 앞치마 두른
어물전 다꾸앙 아지매
생물 싱싱하니 좋습니다
사 가이소

엎어 놓은 빨강 다라이
꽉 차게 퍼질러 앉은
무우 장사 노가리 아지매
총각무시 끝내주니더
한 입 해 보소

가지랑 오이랑
갖가지 채소 창살에

빙 둘러 갇힌 안창살 아지매
가지랑 오이가 딱이란다

그러나저러나
쪼글쪼글 꽈리고추
길 건너 건어물전 귀퉁이서
떼거리로 비릿한 눈길을
쏘아대는 말라비틀어진
멸치가 역겹다

비데

반 가른 삶은 흰자
비밀스러운 데
까발린 어둠 속에서
음흉한 엿보기 끝에
저 역시 참았던 배설의
맑은 사정을 한다

부리부리
不二不異

수세식 화장실

아래서

꼬물대던

흰 쌀밥의 부활

어디쯤

흘러갔을까

동안거(冬安居)

산속에 절이 있고
절 안에 선방 있어
스님네 면벽 열공이라

흰 솜이불 덮어쓰고
철 내내 넘바다 보던
산이 저 먼저 깨달았나

덮고 있던 번뇌 해제하고
생명의 감로수 온몸으로
솟구쳐 올리네

부리부리
不二不異

통증

걷다가 접질렀다
내가 아프다

부엌에서 손끝을 썰었다
내가 아프다

어젯밤 너무 마셨나
내가 아프다

그녀가 떠났다
내가 아프다

젠장
이놈의 네트워크

고

긴긴

진통 끝에

아기가 태어났다

아가

이젠 너 차례구나

부리부리
不二不異

가로수 옆 전봇대

거듭 분열의 가지마다
숱한 잎 품은 무성 당당한
가로수가 옆 선 잿물 입성
홀애비 전봇대를 눈 흘긴다

이 여편네야
나두 가지도 있구
잎새도 있어

앙상한 가닥 가지
끝끝까지 따라가서
골목 안 반지하 방엔
열선 잎맥 붉거진 이파리
맞등 대고 누워 있다네

엿듣기

페인 양미리마냥
가득 채워 늘어선
스크린도어 플랫폼에
한 소리가 맑게 퍼진다

공손하게
다정에 다감을 보태
가끔은
툭툭 막역하게

누구일까?

"여보,
잘 다녀오시구요."

부리부리
不二不異

순간,

스크린 도어도

입술 세워 벙긋한다